JN160307

Muse Library

ミューズ選書

句集

佳き人に

碓井真希女

文學の森

序

「俳星会」名誉主宰　安藤喜久女

このたび、「俳星会」三代目主宰の碓井真希女さんが初めての句集を上梓されました。

十二月に生まれた赤ん坊は、産院で風邪を貰いました。それは激しい咳になり百日咳と診断され、嬰児にとっては命取りの病とわかりました。幾重にもおくるみに巻き、祈るように電車で有名小児科病院へと通院。栄養剤の注射を受けても、飲んだ乳を噴水の様に吐き、みるみるうちにやせ細りました。しかし百日咳の名の通り、百日を経た桜を見る頃ピタッと咳は止み母乳をぐいぐい飲み、すっかり元気になりました。本当に生命力のある子だとただただ感謝をしました。兄と近所の男の子たちと交わり、鬼ごっこや基地造りなど終日遊ぶ子に育ちました。

小さな女の子はその後、絵画や書、テニスにスキー・登山、ジャズボーカルと多趣味です。またカラーコーディネーターとインテリアコーディネーターの資格を生かしつつ、旅をしては俳句が生活の中心になっています。前向きで潑剌と成人した真希女さんの俳句は生新の気に満ち溢れ、瑞々しい句をいくつも見出すことができます。

春光やサグラダファミリアの使徒となり　　真希女

スペインへ出かけた時の句。バルセロナにある贖罪教会でアントニ・ガウディの代表作。一八八二年着工、現在も建設中です。句の作者は、聖家族聖堂に入り通路の十字の真ん中に立った時、光が差し込み、なぜか涙が溢れ出たという。そして、そのまま柵が開かれ前の席へと通され、祈りのときを与えられました。忘れられない経験、感動の一瞬を詠んだ句になったそうです。

ひたすらに真実見凝《みつ》め夏燕　真希女

インテリアコーディネーターの勉強をした作者は、旅に出ては美しい芸術に出合い、その作者にまで感動は及んだようです。イサム・ノグチの作品に触れ、その生涯を知りその生き様に感銘を受けこの句が出来たといいます。

佳き人に会ふはうれしき小春かな　真希女

佳き人とは、古来から使われてきた言葉です（『万葉集』『古今和歌集』『源氏物語』『枕草子』『徒然草』）。賢く能力が優れている・心清く美しいなどと解釈される。そこへ小春との取り合わせ、陰暦十月の異称を持つ小春。冬の初め、春に似た暖かな日和に、こよなく素敵な人との出会いを経験して思わず「嬉しい」と喜びの声を上げています。作者は出会ったのは男性とも女性とも言っていませんが、人生の中で素晴らしい出会いだったのでしょう。これからも人との出会いを大切にされて、豊かな人生を送って下さい。

最後に「青は藍より出でて藍より青し」の言葉を真希女さんに贈ります。青色の染料は藍の葉から取るが、原料の藍よりも青く美しくなることから、「荀子」（中国の思想家）は、教えを受けた人が学問や努力によって教えた人よりさらに天性以上の人になるというたとえです。

この第一句集が、未来へ繋がり、さらに素晴らしい成長になることを祈ります。

佳き人に

目次

序　安藤喜久女　1
使徒となり　平成二十六年～二十八年　9
温泉卓球　平成二十九年～三十一年　31
モダニズム　令和元年～三年　73
木を生かす　令和四年～五年　135
あとがき　176

装画・挿絵　碓井真希女
装丁　巖谷純介

佳き人に

よきひとに

使徒となり

平成二十六年～二十八年

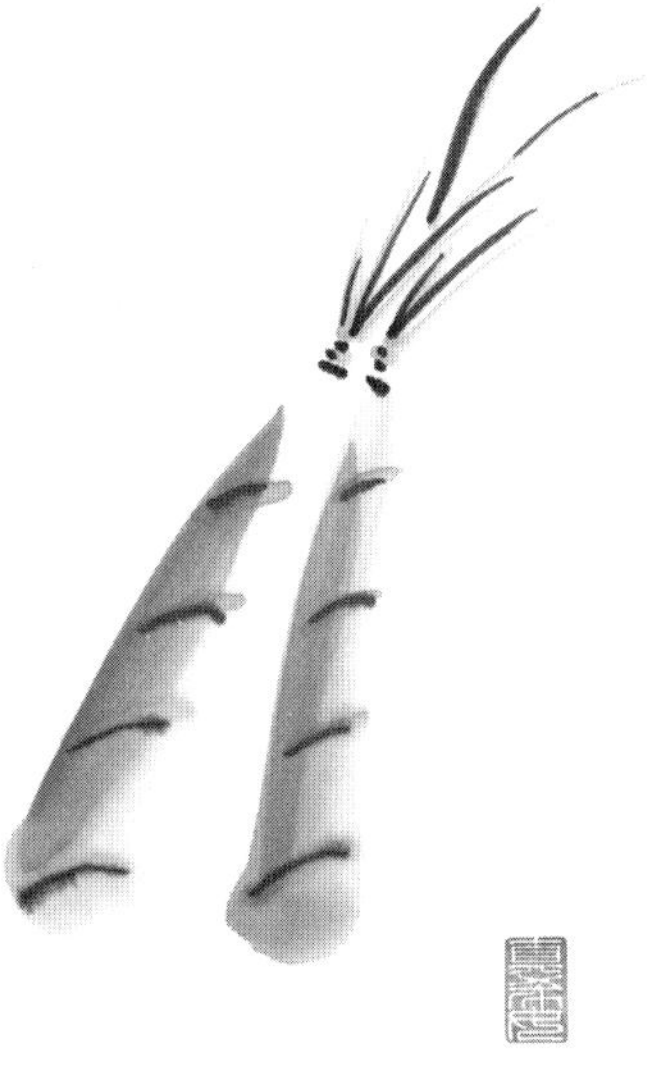

平成二十六年

岩国

母と来しおはんの里や竹の春

木の葉舞ふ風に折しも時雨かな

平成二十七年

萩・笠山

山椿天をも蔽《おほ》ふ群生林

花嵐吹くよ独唱ジャズの夜

人の世は葎茂るや駆け抜ける

下関・門司・川棚　五句

夏山や裾野を繋ぐ山陽路

夕映えの跣足《はだし》の恋よ渚ゆく
木漏れ日の揺るる山の湯秋立ちて

秋の色モーツァルトの音色かな

初松茸五感ゆさぶり香り立つ

手袋をぬぎて握手の優しさよ

あと三日白き手袋選挙カー

平成二十八年

亡き父の変はらぬ笑顔涅槃西風

水面に雲の遊ぶや角組む蘆

母と語る思ひ出話竹の秋

スペイン路　六句

旅は春日ごと十キロスペイン路

春宵や生死の戦ひマタドール
バルセロナ春の真実ナダル立つ

赤土に春雨圭は世界入り

春光やサグラダファミリアの使徒となり

たかんなやサグラダファミリアあと幾年

出水に地球の悲鳴聞こえけり

迷ひねこ網戸の破れに顔のぞく

秋簾豆腐屋ラッパの音ながれ

水澄むやひかるプリズム万華鏡
新月の夜や口遊むフォービート

嫁ぐ日の紅さす花嫁赤とんぼ
赤とんぼ長波長へと染まりゆく

鮭のぼるくろがね色に盛り上げて

秋高し人馬一体風に乗り

川棚のクスノキ

天高し千年守るや樟の森

小江戸川越

悠久の時超ゆ鐘に芋を掘り

草津温泉

湯畑に湯もみ女や狂ひ花

軽井沢ショー記念礼拝堂

百年の聖堂光る散紅葉

浅間山寝釈迦のへそに初時雨

富岡製糸場

武士の娘も糸挽きをなす返り花

霜の朝光さざめく芝の庭
極月に迫る試験や逃げ場なし

温泉卓球

平成二十九年〜三十一年

平成二十九年

大鮪御祝儀相場にどつと沸く

身も球も硬きテニスの早春戦

桜東風震災残る白鹿邸

風光る絵付け美人の和蠟燭

母呼ばふ愛し児のため初桜

五時間目窓ぎは蛙の目借時

ジャズシンガーピンク纏ひし朧の夜

歌に酔ひ花束に酔ふ朧月

神の庭神の使命か蟻の道

通天閣これぞ逢坂ラムネのむ

芸北ログハウス　六句

木漏れ日やボーイズカレー囲む夏

夏休み夫の作りしスパゲティ

立秋の馬肌温し手綱持つ

村おこし屁つ放り腰の草相撲

フィナーレはアップテンポの法師蟬

十三夜ぶらんこで聞く子の話

雑踏の大阪駅や鰯雲
バベルの塔傾くまでに秋燕

ラケット振る程の明るさ黄落期

高知　三句

遠つ国を見据ゑし龍馬冬怒濤

四万十川の光たゆたひ冬木立

五体凍つ車で渡る沈下橋

「一隅を照らす」叡山冬木立

温室育ちゆとり世代のくひ違ひ

平成三十年

師の不在気概を持ちて初句会

病み離る母にひとくち冬いちご

静寂や雁木の町に猫一匹

君に聴くバレンタインの恋の詩

大阪城

城の天白梅紅梅競ひ咲く

ジャズフェスタトランペットにミモザ咲く

兄弟はライバル土筆日ごと伸ぶ

エルグレコ天さす指の花明かり

伯母逝去　二句

陽炎のごとく静かに召天す

死にざまは生きざまなりと別れ霜

高梁　薬師院

御城主の家系図たどる登り藤

草笛や放牧の牛ついてくる

鈴鹿

サーキット爆風に飛ぶ夏の蝶

イサム・ノグチ　その人・その作品　十三句

天蚕《やままゆ》や地球そのものの彫刻す

ひたすらに真実見凝《みつ》め夏燕

灼く墓石イサム・ノグチの石切場

炎天に「黒い太陽」ころがれり

石庭に師の翳を視る炎天下

イサム家の片陰に佇《た》ち尽きぬ夢
混沌の世界に裸身宇宙人

反戦と平和を「無限の連結」虹かかる

円盤は廻る大阪万博「大噴水」

ヒロシマの「平和大橋」夜涼かな

秋灯す幾多の「ＡＫＡＲＩ」創りしや

日系人の苦境緩和やクリスマス

父の閉ざす混血の身を悴めり

休日の河馬はひたすら夏の夢

おほきにと串カツを盛る汗の顔

毀《こぼ》つ家の白百合あくまでかをりけり

心残りの祖の家たたむ雲母虫

老木の年輪かぞふ夏の果
閑谷の石塀に見る晩夏かな

命あるも祖父から孫へ原爆忌

爽やかやや美容男子の泥パック

鳥よりも人驚かす案山子かな

美濃　十句

蚯蚓鳴く「ケサワ」続くや土管坂

おふくろの味や鰯のフルコース

透視図のごときタイルの先に月

鱗雲漆喰壁に彩タイル
赤く燃ゆステンドグラス月の影

金《きん》風《ぷう》や本丸御殿は木の匂ひ

浪漫と贅を伝へる金屛風

真つ白の格天井や鶴舞へり

真夜零時温泉卓球冬の汗

百年の下呂の湯照り映ゆ雪催ひ

鷹とびぬ「カモン」声高なおみ勝つ

大鷹と為替レートの駆け巡る
セーターと共に出張無事祈る

平成三十一年

ロサンゼルス　六句
レディー・ガガ

レタス食み日々の努力やグラミー賞

ラ・ラ・ランド

月おぼろ踊る人影グリフィス天文台

ハリウッド女優気取りの花衣

鷗飛び交ふサンタモニカの春疾風

リラ冷えのダウンタウンや人の無く

Queen

蝶生る恋追ひかくるボヘミアン

モダニズム

令和元年～三年

令和元年

麦青み新元号の幕開く

関西俳誌連盟　俳句文芸賞

袋角二オクターブの声を出し

ヴォーリズの螺旋の行方文字摺草

青芝に倒れて地球掻き抱く

まくなぎや草食む象の優しい目

屋久島　十句

行き行けば屋久島雲の夏帽子

驟雨来て洗ふ甲板輝けり

屋久島の岩肌隠す苔の花

緑雨降る願ひかけたるくぐり杉

青時雨ジブリの森の樹々の声

苔盛ん言霊宿る古代杉

夏猿は大口を開け毛づくろひ

潮鳴りやナイトプールに浮き立ちて

旅の果て呼び込む夜店島焼酎

万緑や千古の杉に別れ告ぐ

運慶の燃ゆる身の内滴れり

広島県三次・安芸高田　五句

三川の寄りて鵜飼や風渡る

耀きし鵜匠川鵜を遊ばしむ

白き鵜は動かず神座の鵜飼船

川鵜ハタハタ羽を乾《ほ》したる風の中

夏神楽風切る白狐の早がはり

子宝を願ふ柘榴や赤々と

専門学校　三句

色彩学眼見開く夜学生

夜学生授業の合間うまく寝る

ため口の生徒頰染む蜜柑色

枯鶏頭立ち尽くしてや色のこす

いきなりの手術告知や枯木立

術前の不安に笑まふクリスマスローズ

凍る夜を母は祈る手ほどくまじ

病室に術後の笑顔クリスマス

令和二年

手術終ふ安堵の里に祝箸

墨練りて四計見極む筆始

太箸や男の子三人たくましく

フィンランド　四句

うぐひす色の冴えたデザイン「マリメッコ」

ヘルシンキ朝薄氷の温暖化

星冴えしオーロラ待つ夜は北極圏

ＭＳフィンランディア号

ダンスホールの女鶯の谷渡

エストニア　二句

大花束の花屋並びし匂鳥

エストニアの城壁に聴く初音かな

毎日の母の健康目刺し食ぶ

島根県石見　四句

蝶連れし愛車走行二万キロ

飛花落花しぶきと紛ふ断魚渓

流紋岩続く千畳花の山

ああ枝垂桜《しだれ》よ外出《そとで》見張られドローン飛ぶ

エーロ・サーリネン

空港に門出を祝ふチューリップチェア

ハリー・ベルトイア

鉄線花網目耀ふダイヤモンドチェア

下腿高合はせ枇杷食むイームズチェア

チャールズ・イームズ

籐椅子のＫＭチェアに丸くなり

剣持勇

脇息に掛ける趣夏羽織

夏ともす山の団地は果樹園のごと

剝き出しの光庭長屋夏の空

安藤忠雄

滝抱く落水荘のモダニズム

フランク・ロイド・ライト

芸術の極まる西日バウハウス

ルートヴィヒ・ミース・ファン・デル・ローエ

万能空間のガラスの家に虹立てり

サングラスシャイな男の隠れ蓑

炎帝や狂気の沙汰の四十五度

西瓜割る季節のかをり迸る

母米寿　四句

人の世を俳句に生きぬく生身魂

蘭の花いとほしく咲く米寿かな

重陽の今をいとしむ母米寿

しみじみと母は米寿の温め酒

軍艦島　十句

半世紀の産業遺産や島の秋

隧道《トンネル》の暗を出《いづ》れば星流る
星月夜頂くのみの炭鉱夫

逃げ場なく炭鉱札に秋の蚊帳

宵闇や荒《あら》洗《あら》ひする黒き風呂

日本初のＲＣ造りや秋の虹

台風の大波妻たち並び見る

「ご安全に」交はす言葉ぞ身に入みる

ベルトコンベアーの支柱残れる秋の暮

緑なき島に素風や鳶飛ぶ

オンラインの笑顔や無月の里帰り

モデュロール人の尺度や竹の春

猫産まる　七句

秋光の猫床下に産まれけり

哺乳器を仔猫まさぐる秋麗

秋蟬のごとく啼く猫ミルク欲す

目も開かずよろける仔猫新松子

へその緒も取れし牡の仔秋光る

ジャンプして見下ろす仔猫小六月

時雨るるや賓客にらむ招き猫

夕時雨見えぬ二ミリの平面図

佳き人に会ふはうれしき小春かな

アイソメ図の二次試験終ふ石蕗の花

三原　佛通寺

座禅の無柊の花かをりけり

夫の声クリスマスローズのお出迎へ

日光　三句

紅葉に叫ぶハンドル捌くいろは坂

冬の夜半甘味百年ライスカレー

年流る残る田母沢御用邸

大谷石地下採掘場跡

大谷石の巨大空間冬ともし

年守る面皮柱に疵ひとつ

令和三年

軽井沢　石の教会　内村鑑三記念堂

素に戻り息づく建築淑気満つ

俳星会創立二十五周年　三句

若水汲む明けの明星未来あり

俳星の晴れやかなれや淑気満ち

フラミンゴ薄氷渡る細き脚

産声もしぐさも動画冬苺

寒明けのリモートワークジャムを煮る

広島市江波山気象館　二句

気象館の三角窓に山笑ふ

原爆の壁そのままに春の潮

仏生会己が心と向き合へり

鳥取県　三徳山三佛寺投入堂　五句

新緑の山肌にあるリピテーション

青嵐巨石はだかるクサリ坂

疫病退散夏の啄木鳥行者道

河鹿笛六根清浄投入堂

夢のごと投入堂に蟇吠ゆる

倉吉

蛍火や一枚石の橋の下

入院す　四句

白南風や静かな共存デイルーム

白南風や日替はりナース笑顔よし

ギヤマンの光る廊下の一病棟

白南風や稜線くつきり退院す

隈研吾　新国立競技場

オリンピック炎帝開幕連子開く

大塚国際美術館

陶板画千年先へ竹の春

野分たつ金融緩和をいかにせむ

野分明けサステイナブルの在りどころ

里帰り茸づくしの預鉢

「ただいま」に迎へ飛び出す炬燵猫

脱炭素へ人はざわめき山眠る

訪ね来し人のぬくもり冬夕焼

追悼のあの日に帰るルミナリエ

秋田　二句

なまはげの「泣ぐ子はゐねが」四股を踏み

撥叩く津軽三味線去年今年

木を生かす

令和四年〜五年

令和四年

寅の口ぽつかり開いた年賀状

鳥羽水族館

初声にノスタルジアのジュゴン聞く

出本多津子様追悼

蒲公英の絮空高く昇りゆく

松江　五句

蓼《どう》の蔵《くら》松江の町に花を待つ

武家屋敷の雛に囲まる母卒寿

夕映えの宍道湖白鷺《はくろ》火の色に

嫁ヶ島かすみて夕日の淡々し

朧夜の怪物めくや松江城

平和記念公園

被爆せし青桐新芽すがすがし

宮島

霞曳く観音様の寝姿や

万愚節閻魔大王昼寝中

春の海猫のあくびも大のたり

春が行く外の恋しい猫一歳

大山

迫り来る橅のトンネル新樹光

麦秋や穂折る雀の重みかな

庭いつぱい出色なる白山法師の花

ベビーカーの子に手を振られ五月晴

寝転んでみる流蛍か星屑か

法隆寺　四句

回廊に古代ギリシャの南風

炎帝や眼光鋭き仁王像

相輪に鎌かけられしはたた神

夏日影卍崩しの勾欄や

炎天や肌膚《きふ》雪の若《ごと》少女あり

岡山　旧閑谷学校

火灯窓論語響くや萩の塾

角南修平様追悼　二句

かがよひて面影笑まふ良夜かな

儚くや宮島色なき風の吹く

母卒寿句集に込めし菊日和

安藤喜久女　卒寿祝い並びに句集出版記念　二句

卒寿きて水引草のごと生きる

小鳥来て礼状の筆すすみけり

秋風や翼果池塘を称へたし

稚児車《ちんぐるま》よ深紅に絨毯敷きつめて

皆既月食

赤黒く照らすこの月この刹那

「もろびとこぞりて」讃美を胸に聖夜かな

令和五年

粕汁に頬染む吾子の顔揃ふ

合格を叫ぶ正夢草萌ゆる
今日だけの余韻に浸る春の雪

新たなる決意の証書春一番

巣立つ子や母は用無し石鹸玉

媼にも旅のときめき花衣

囀りや失ふ恋もありしとか

囀りや猫の目一天見ひらきて
人の世を半眼でみる春の空

竹中大工道具館　十六句

春色のイサム・ノグチの「ＡＫＡＲＩ」かな

杉の無垢の船底天井つばくらめ

ひこばゆるパチンと墨壺技ありぬ
足袋跣梁跳ぶ花の宮大工

名工の輝き求め菖蒲葺く

大壁を鏝《こて》で削りて夏に入る

肉体の一部となりし欅《けやき》山車《だし》

万緑に鉞《まさかり》振るひ木を生かす

白南風や名栗仕上げの自動ドア

檜《ひのき》の香に包まれし入る安居かな

罫《け》引《びき》する大工の甚平揺れるまじ

鋸《のこぎり》に引つ切り無しの蟬鳴けり

肌脱ぎの心を映し槌《つち》ふるふ
棟梁に学ぶ伝統玉の汗

炎天に焼ける淡路の敷瓦
日焼けして五感に響く匠技

曲水の宴　二句

曲水の襲の色目初々し

幸せを水辺に寄せて杜若

名和昆虫博物館

羽化するや昆虫館に夏来たる

ゆずりの会名誉主宰へお祝いの句　二句

薔薇色に燃ゆる雲海見下ろせり

六甲を望む安穏雲の峰

佐渡島　四句

山道に山蛭の首のびざかり

花萱草群れて一日《ひとひ》を惜しみけり

下界の憂ひ忘れ殿《しんがり》木下闇

とのぐもる青田尊《たふと》し朱鷺《とき》舞へり

川蟹の泡や藻草と流れゆく

くねくねと肥えた蚯蚓《みみず》の青田かな

海水帽並ぶや丸い水平線

「いらつしやい」頑固店主や鰻の日

空うねる蟬の勢ひ喧《かまびす》し

蕃茄煮る夫のパスタのバリエーション

昼寝子やそれぞれの夢ひろがりて

G7平和届くか広島忌

句集　佳き人に　畢

あとがき

祖父（一志庵田人）は時折遊びに来ると、いつも俳句を詠み俳画とともに短冊を書いてくださいました。母と私の三人で六甲山や昆陽池などに吟行へ行ったものです。私の成長とともに節目節目にいただいた短冊は今も大切に飾っています。祖父の薫陶を受けた母は今も子や孫に俳句の短冊を贈ります。将来私も、俳句の喜びや愉しさを子や孫に継ぐことが出来る担い手になれればと思います。

このたびは思いがけず第一句集を上梓させていただくことになりました。まだまだ未熟で拙本ではございますが、ご笑読いただければ幸いに存じます。

最後になりましたが、これまでの俳句に関わってくださいました先生方・諸先輩方・「俳星会」の皆様、また刊行に際しましてお引き立てを賜りました「文學の森」社長寺田敬子様、編集部の皆様に心より御礼を申し上げます。

令和六年一月

「俳星会」主宰　碓井真希女

著者略歴

碓井真希女（うすい・まきめ）本名　真希子

昭和34年生　兵庫県西宮市出身
平成27年　「俳星会」入会
関西俳誌連盟常任委員
平成30年　「俳星会」同人・編集・会計に携わる
平成31年　「俳星会」副主宰
令和元年　関西俳誌連盟夏季吟行俳句大会俳句文芸賞受賞
令和５年　「俳星会」主宰
現代俳句協会会員

現住所　〒731-5154
広島市佐伯区薬師が丘２-14-７

ミューズ選書

句集　佳《よ》き人《ひと》に

発行　令和六年二月二十六日
著者　碓井真希女
発行者　姜琪東
発行所　株式会社　文學の森
〒一六九-〇〇七五
東京都新宿区高田馬場二-一-二　田島ビル八階
tel 03-5292-9188　fax 03-5292-9199
e-mail mori@bungak.com
ホームページ http://www.bungak.com
印刷・製本　有限会社青雲印刷
©Usui Makime 2024, Printed in Japan
ISBN978-4-86737-201-2　C0092
落丁・乱丁本はお取替えいたします。